Tinkunakama

Nelly Concha Ramos

TINKUNAKAMA

Editado por: Corporación Ígneo, S.A.C.
para su sello editorial Ediquid
José Olaya 169, Ofic. 504, Miraflores. Lima, Perú
Primera edición, abril, 2024

ISBN: 978-612-5142-37-5
Impresión bajo demanda

Hecho el Depósito Legal en la Biblioteca Nacional del Perú N° 2024- 02131
Se terminó de imprimir en abril del 2024 en:
ALEPH IMPRESIONES SRL
Jr. Risso Nro. 580 Lince, Lima

www.grupoigneo.com
Correo electrónico: contacto@grupoigneo.com
Facebook: Grupo Ígneo | X: @editorialigneo | Instagram: @grupoigneo

Colección: Nuevas Voces

Contenido

Dedico este libro a Dios, creador del mundo, por haberme brindado salud, perseverancia y, sobre todo, paciencia para seguir con mis metas y sueños.

A mis padres, por el apoyo incondicional que me brindan día a día y por sus sabios consejos para seguir mejorando en mi vida personal y profesional.

Por último, a la inspiración por expandir mi imaginación y mi mente por los lugares más recónditos en la que mi espíritu y mi corazón se conectaron en una sola voz.

El reflejo del mar y el cielo

La ciudad de Cusco está situada al sureste del Perú y fue denominada «capital histórica», debido a su gran riqueza, misticismo y por sus lugares llenos de tradición e historia. Conociendo un poco más sobre ella, cuenta con construcciones arquitectónicas que son los atractivos más importantes que tiene, haciéndola mágica y majestuosa ante los ojos de la humanidad.

Esta hermosa ciudad albergó la historia de Sami, una palomita proveniente del Imperio Inca, en la sierra de los Andes peruanos. Este majestuoso lugar cobijó a una inquieta, curiosa y aventurera avecita, que se caracterizó por tener el alma libre y dentro de sus características físicas peculiares resaltan: un pico un poco curvado; patas cortas, alas, quizás un poco más grandes que las demás (lo que por cierto le permitía explorar lugares diversos y distantes); un plumaje hermoso de color marrón claro y grisáceo, en la parte de la nuca tenía unos colores intensos, brillantes y atornasolados de color verde con fucsia; dueña de una linda y radiante sonrisa. ¡Verla, sin duda alguna, fue todo un deleite!

Esta linda palomita, como todos los días, se despertaba con ganas de comerse al mundo, de experimentar nuevas aventuras y de hacer amigos nuevos. En ocasiones, se sentía incomprendida, ya que no era tímida o miedosa como las demás y terminaba haciendo lo que le gustaba, lo cual incomodaba a otras en el palomar donde vivía.

Una mañana, una de sus mejores amigas le preguntó:

—Sami, ¿qué haces?

—Hola, Maly. Pues aquí tratando de imaginar hacía dónde emprenderé mi viaje, esta vez será más largo que otras ocasiones.

—¿Adónde irás y por qué sales de aquí con frecuencia? ¿Acaso no te gusta estar con nosotros que somos tu familia y tus amigos?

—Pues claro que sí me encanta, Maly. Te prometo que será mi último viaje, por eso durará un poco más. Después me quedaré tranquila aquí en el palomar y, claro, satisfecha de haber conocido tantos lugares hermosos, pero me falta uno. ¿Sabes cuál?

—¿De verdad crees que aún te faltan lugares por conocer?

—Pues claro que sí.

—¿Y cuál es ese lugar?

—Mira, Maly, imagínate un palomar gigante, rodeado de agua por todas partes teñido por un celeste inmenso y hermoso.

—¡Waooo! ¡Allí quiero ir!

La amiga de Sami se quedó sorprendida, como ya era costumbre, por las ocurrencias y locuras de aquella palomita inquieta. Fueron pasando los días, las semanas, no había ninguna novedad y en el palomar todo siguió igual. Las rutinas continuaron: ir a las plazas a buscar comida, descansar en las copas de los árboles, caminar por las márgenes de los riachuelos, acicalarse los picos, entre otras actividades ordinarias. No obstante, todo aquello fue motivando aún más a Sami para que prosiguiera con su plan aventurero sin importarle los riesgos o los peligros que aquello pudiera significar.

Un día de setiembre cuando la primavera ya se abría paso y la naturaleza ya se alistaba para maravillar y cautivar con su belleza soberbia a todos los seres vivientes. Cuando las plantas reverdecían, el sol ya cubría con su luminoso manto y los animales saltaban jubilosos de alegría. Sami se levantó más entusiasmada de lo acostumbrado y dijo:

—Hoy partiré, pues la vida tiene lindos momentos y no estaré dispuesta a perdérmelos. ¡No, claro que no!

Alistó todo lo que llevaría (que, por cierto, no era mucho): un collar que su madre le regaló y que ha conservado con cariño, unas gafas oscuras para el sol y un morral pequeño donde guardó granos y semillas para su viaje.

Todos la vieron partir, algunos sorprendidos y otros se rieron de lo que consideraban las locuras de Sami. Pero Maly, al verla a lo lejos, corrió y se despidió de su mejor amiga. Entre lágrimas, le dijo:

—Cuídate y prométeme que volverás pronto.

Y Sami le dijo:

—No te preocupes, estaré bien. Es más, deberías estar contenta por mí, estoy emprendiendo un viaje que he deseado con intensidad.

A los segundos, también apareció Molly, una linda palomita mensajera que se caracterizaba por ser efusiva, cariñosa e inocente. Abrazó con fuerza a Sami que casi la dejó sin aliento.

—Te extrañaré bastante, pero sé que lo pasarás bien. Por favor, prométeme que me contarás todo lo que vivas en esta nueva aventura, ¿sí?

Sami le contestó:

—Claro que sí, no lo dudes.

Sami emprendió feliz su viaje hacia aquel lugar fantástico al que proyectó ir. La verdad es que, a pesar de que sintió emoción, al mismo tiempo sintió miedo, ya que esta vez iría a un lugar más alejado de su hogar y de sus amigos.

Su corazón fue más aventurero que sus miedos y continuó con su viaje. Pasaron algunos días o tal vez un poco más de una semana y con ella surgieron algunas dificultades, pero por fin pudo llegar a su lugar soñado, El atolón de las Rocas, que se encuentra situada en la costa de Río Grande de Norte en Brasil.

El viaje resultó agotador y Sami llegó cansada por todo el trajín que tuvo que pasar. Y como la noche cubrió con su manto cada milímetro del lugar y el silencio se adueñó del tiempo, la aventurera buscó un árbol que pudiera cobijarla y se echó a dormir.

Ya al día siguiente, temprano, los rayos del sol se hacían presentes iluminando y pintando de color el crepúsculo del amanecer. Sami sintió una luz intensa y al mismo tiempo el frescor de la mañana. Entreabrió los ojos y se sintió desorientada, pues en su inconsciente creía que aún estaba en casa. Cuando por fin pudo reponerse del sueño, se maravilló por todo el panorama que se asomaba ante sus ojos. Fue increíble contemplar la belleza y soberbia al mismo tiempo de aquel lugar cautivador. Con la voz entrecortada, dijo:

—¡Este es el paraíso hecho realidad!

Entre algunas lágrimas, producto de la emoción, comprendió que todos los desafíos que tuvo que enfrentar por fin valieron la pena. Dentro de ella decía:

—Nadie podrá creer todo lo que estoy viendo.

Sami, entusiasta, subió a la copa más alta de ese árbol que le había cobijado toda la noche, y pudo ver y maravillarse aún más (que, por cierto, dicha altura permitía apreciar cada detalle).

Ahí, paradita en el árbol, abriendo sus alas, sentía la brisa suave y fresca del viento. Sus ojos se deleitaban con el cielo celeste que imponía autoridad, las aguas tornasoladas de celeste, verde y azulado que invitaban a un sueño lleno de calma y tranquilidad; el verdor de sus montañas engrandecía su abundante y grandiosa vegetación; sus arenas con un amarillo reluciente que reflejaba la presencia del sol y, claro, la presencia de algunas especies que desconocía. Lo que más captó su atención fueron dos gigantes rocas que yacían en medio del mar, que parecían complementarse una con la otra. Así que la aventurera se sentía complacida y pensó que aún soñaba.

Una vez que se recompuso del asombro, decidió bajar a la orilla del mar y vivió la experiencia de hundir y sumergir sus patas en la arena y el agua para así sentir su frescor. Cuando disfrutaba de aquel momento placentero, apareció de la nada una tortuga gigante quién, al instante, le buscó conversación, y ella se quedó pasmada y sin palabras (característica nada propia de Sami). Esta tortuga amigable le dijo:

—Hola, pequeña. ¿Eres extranjera? No eres de acá, ¿verdad?

A lo que ella respondió con timidez:

—Eh... no. La verdad es que no soy de acá. Yo vengo de Perú. ¿Conoces este país?

—No, pero escuché bastante de él. Disculpa, no me presenté. Mi nombre es João y soy una tortuga amigable, así que no debes temerme. Y dime, ¿cuál es tu nombre, pequeña amiga?

—Mi nombre es Sami y de verdad que este es un lugar hermoso.

—Claro que sí, El atolón de las Rocas es la más pequeña de Sudamérica, pero no te imaginas la gran riqueza que tiene y es una de las más importantes reservas ecológicas de Brasil.

Por la conversación que entablaron, Sami se sintió en mayor confianza y le inspiró tranquilidad la compañía de João. La tortuga no paró de hablar y, mientras lo hizo, le mostró el bello paisaje del lugar. A cada palabra que emitió le puso fuerza, ahínco y pasión.

Dentro de las anécdotas que le dijo fue que había vivido allí toda su vida, que se sentía feliz por la presencia de tantos visitantes y que cada uno de ellos representó un mundo diferente. Escuchó sus historias y en algunas ocasiones hasta dio consejos (lo dijo sonriendo), ya que João era una tortuga adulta longeva y se sentía con el deber de compartir su sabiduría con los demás. Entonces, Sami le preguntó:

—No entiendo, dime: ¿quiénes son esos visitantes?

—Te explico, pequeña. Hasta estas costas llegan año tras año aves de lugares lejanos como África o Rusia, de la misma región de Siberia, también de los países de Europa y, claro, hasta contamos con los visitantes de acá de Sudamérica.

—¡Waooo... no puedo creerlo! Entonces vienen viajeros de todas partes aquí y seguro se sienten maravillados por estos bellos paisajes.

—Créeme, pequeña, quienes vienen aquí al irse ya no son los mismos.

Así fueron pasando los días, Sami y João se convirtieron en buenos amigos (claro, a pesar de la gran diferencia de edades). La aventurera, durante su estadía en El atolón de las Rocas, también fue conociendo y haciendo otras amistades significativas, ya que eran viajeros de diferentes partes del mundo y compartían entre ellos la riqueza de sus naciones y sus propias vivencias. Sin duda alguna, todo aquello fascinó a Sami.

⁂

Un domingo por la mañana, la palomita aventurera salió al mar, ya que sentía ganas de deleitarse con el frescor del agua y la brisa del viento. En eso, se percató de la presencia de un ave bastante extraña. Aquella ave estaba parada encima de una de esas dos gigantescas rocas que se ubicaban dentro del mar. Dicha escena le causó extrañeza, ya que aquella ave miraba con atención hacia el firmamento, con una actitud pensativa y con la mirada perdida. Entonces Sami dijo:

—La veo triste y solitaria. ¿Que habrá pasado?

En esto, apareció João y le preguntó:

—¿Qué ves, pequeña amiga?

—Hola, João. ¿Ves a aquella ave? ¿Allá en una de las rocas?

—Ahhh... claro que sí, ya es conocida por aquí. ¿Sabes? Nadie habla con ella, pues no es amigable. Se queda unos días ahí y luego se va. Es un ave bastante extraña.

—¿Y alguna vez intentaron saber quién es o de dónde viene?

—Claro, pero se torna recelosa con nosotros así que ya nadie le insiste.

Todo esto le llamó aún más la atención a Sami: quería saber quién era el ave misteriosa, aquel personaje desconocido y, sobre todo, le produjo curiosidad la soledad y la tristeza que, en apariencia, la envolvían. Se quedó unos segundos pensando en eso. Después, escuchó la voz de sus amigos que le llamaban con insistencia y se fue con ellos. Al atardecer, cuando el sol ya se había ido y vino la noche, Sami se percató que aquella misteriosa ave seguía ahí y se volvió a preguntar:

—¿Por qué se encuentra solita? ¿De dónde vendrá? ¿Qué podría hacer por ella?

Esa noche se fue a descansar con la idea loca de visitar al misterioso personaje.

—¿Qué podría pasar si le hago algunas preguntas? Tal vez necesite hablar con alguien y, si la incomodo, me iré.

»Creo que no pierdo nada intentándolo, además que falta poco para regresar a casa con los míos.

Al día siguiente, la mañana sorprendió a todos con un sol radiante y motivador para disfrutar de un día grandioso. En esto, Sami se despertó contenta como lo hacía todas las mañanas, pero al mismo tiempo sintió nervios y temor pues recordó que haría una visita inesperada a alguien desconocido. Pero la decisión estaba tomada y no retrocedería.

«¡Alas a volar! Y que sea lo que tenga que ser». Así, con estas palabritas, partió la aventurera y emprendió aquel reto. Entonces, extendió sus alas ágiles para volar y se dirigió hacía una de aquellas gigantescas rocas que albergaban al huésped extraño. Ni bien llegó a su destino la pudo ver:

—¡Ahí está...! ¿Qué hago ahora?

Así que se acercó un poco más ¡Ooooh!... Sami quedó en *shock*, ya que se llevó una sorpresa mayúscula. Sus ojos no habían visto nada parecido antes. Las patas y el pico de aquella extraña ave eran azules, sus alas color café oscuro, tenía unos ojos saltones, sus plumas eran tornasoladas de una especie de color gris con marrón y tenía un tamaño regular. Entonces, Sami tomó valor, se acercó y pronunció:

—Hola, mi nombre es Sami y espero no incomodarte.

Este respondió:

—¿De verdad estás hablando conmigo?

—Pues claro que sí. ¿Eso te molesta?

—No, no, para nada... —agachó un poco la cabeza—. Es que todos me ignoran o creo que me tienen miedo. Siento que todos huyen de mí, tal vez por mi apariencia. ¿No es común, verdad? Por ese motivo, prefiero la soledad y así no perturbo a nadie.

»¿Sabes? Vengo una vez al año a este hermoso lugar para pensar un poco en las actividades que hice y al mismo tiempo olvidarme de todo, así que la soledad no es mala. Es más, ya me acostumbré a ella.

Así que la palomita aventurera la miró y le dijo:

—La verdad es que no eres nada común, pero creo que eso te hace especial y no deberías juzgar a los demás por la percepción que tienen de ti si no trataste con ellos. ¿No te parece?

Aquellas palabras de Sami le hicieron pensar por unos instantes que era probable que tuviera razón, ya que en realidad juzgó o anticipó una opinión sobre todos sin darse siquiera la oportunidad de conocerlos. Entonces se sintió en confianza y cómodo con la presencia de aquella inesperada visita. Así que el misterioso amigo se presentó:

—Bueno, mi nombre es Mauricio y vengo de las islas Galápagos de Ecuador. ¿Lo conoces?

—La verdad que no, pero compartimos una cultura parecida. ¿No crees?

—Pienso que sí. Es más, ya siento que te conozco desde hace décadas je, je, je.

Entonces, ambos se echaron a reír y la conversación se volvió amena. Comenzaron a compartir sus experiencias, contaron sus vivencias y, sobre todo, se sorprendieron porque tenían varios aspectos en común. Sami se sintió feliz por haber tomado la decisión de conocer a aquel lindo ser, aprovechando el momento placentero invitó a Mauricio para que conociera a los amigos que había hecho en El atolón de las Rocas y este le contestó:

—Te agradezco el gesto, pero por ahora me conformo con haberte conocido. Prefiero ir paso a paso. Disfruto de la soledad, pues me encuentro conmigo mismo, pero créeme que hoy cambiaste en mí algunos pensamientos. Entre ellos, a confiar más en los demás. Te agradezco eso.

—Tus palabras me suenan a despedida. ¿Ya te irás?

—Sí, partiré hoy mismo, ya estuve muchísimos días por aquí y de verdad, Sami, me da pena no haberte conocido antes. Sé que tu compañía y este lugar hubieran hecho mis días más placenteros e inolvidables.

»¿Sabes? Me encantaría volver a verte al próximo año. Eres una palomita aventurera e irradias luz por donde vas.

»Te comento lo que alguna vez alguien me dijo: «los seres que aparecen en nuestras vidas no lo hacen por casualidad». Así que puedo decir, con certeza y sin duda, que los dos estamos aquí por alguna razón —se lo dijo con una dulzura especial.

»Y otra petición más. Por favor, no le cuentes a tus amigos que hablaste conmigo. Me gustaría tener la iniciativa de acercarme a ellos yo mismo el próximo verano. ¿Podrás hacerlo?

—No lo dudes, no diré nada.

Así que Sami se puso triste al despedirse de Mauricio; pero, al mismo tiempo, se sintió contenta por haber conocido a aquella ave extraña que nadie había tratado, aunque fuese por instantes. Tratar a alguien que compartía y comprendía el valor de la vida como lo hacía ella. Así que sonrió y levantó las alas como muestra de amistad y agradecimiento mientras Mauricio se iba despidiendo a lo lejos.

⁂

Fueron pasando los días: dentro de poco la primavera se despediría y con ella la presencia de Sami de aquel idílico lugar. A raíz de la amistad que entabló la inquieta palomita con Mauricio, le quedó el gusto por pasar algunos minutos en aquellas enormes rocas que tenía El atolón de las Rocas, pues tenían una linda vista panorámica que la llenaba de energía y paz. En una de esas mañanas, se percató de que en la base había un bulto extraño. Así que, ni corta ni perezosa, bajó y se sorprendió.

¡No era un bulto, sino un pez atrapado en una red de pescar! Se quedó pasmada durante unos segundos sin saber qué hacer. Y el pez le dijo:

—¿Te quedarás mirando? ¡¿No ves que estoy atrapado aquí?!

Al escuchar estas palabras, Sami reaccionó rápido y, con su pico, desató la red que aprisionaba al misterioso personaje. Una vez que este logró liberarse, la miró con detenimiento y le dijo:

—Disculpa, fui torpe con mis palabras.

Y ella contestó:

—No te preocupes, entendí tu desesperación.

Después de entablar aquel breve diálogo, ambos se quedaron unos segundos en silencio. Fue como si el tiempo se hubiera detenido. Fue una situación bastante extraña que Sami no había experimentado antes. Su mente se quedó en blanco y se sintió torpe por ello. Pero en esto apareció João. quien salvó la situación.

—¡Hey, Sami! ¿Qué haces aquí? ¿Y quién es este amigo tuyo?

—Eeeh...eeeeste... —titubeó, por lo que el nuevo amigo se presentó:

—Hola, disculpa. Mi nombre es Joamar. Eeeeh… Tuve un accidente y tu amiga fue amable. Me salvó de la muerte y desató las redes que me mantenían atrapado y me hacían daño.

En eso, Joamar la miró con detenimiento y le regaló una sonrisa de gratitud por su hazaña. De inmediato, se despidió de ellos sin dar más explicaciones.

Ambos vieron a lo lejos que se iba yendo aquel pececito sargento que salió de la nada y, minutos más tarde, también se retiraron del lugar. Dos días después del incidente, Sami decidió disfrutar del agua fresca y el sol radiante. Todo marchaba bien y sin novedades, hasta que de pronto, ¡oh, sorpresa…!

Sami visualizó a lo lejos a un pez gris con cinco franjas negras a sus costados y aletas pequeñas. ¡Uy! No podía creerlo, pero era Joamar. Este se acercó a la palomita con una familiaridad inusual, como si la conociera de toda la vida (situación que la intimidó un poco). Pero, a los segundos, entablaron una conversación amena, llena de sonrisas y carcajadas a más no poder.

Ambos compartieron sus aventuras, experiencias, vivencias, pero de forma anecdótica y divertida. Pasaron las horas y ni cuenta se dieron del tiempo debido al grato momento que estuvieron disfrutando. Pero bueno, tuvieron que despedirse. Y así en adelante fueron pasando los días en los que un cariño excepcional y una amistad sincera fue creciendo entre ambos.

Extraordinaria fue la compatibilidad entre ellos a tal punto que Sami y Joamar compartían todas las mañanas en la orilla del mar. Se convirtió en la cotidianidad de ambos: todos los días habían cuentos o juegos nuevos que contar o disfrutar. Ya todos en El atolón se habían dado cuenta de la cercanía que mantenían;

por lo tanto, no faltaron los comentarios, mal o bien intencionados. Pero todo aquello les causaba gracia y carcajadas.

Una mañana como todas, Sami se dirigió a la orilla del mar a esperar a Joamar, pero este no apareció. Tal suceso le pareció extraño, ya que él se asomaba, con frecuencia, para conversar y pasar casi todo el día con ella.

Aquel día la pequeña Sami se sintió inquieta, pues se preocupó por Joamar y se preguntó por qué no habría ido. Al mismo tiempo, sintió dentro de ella un vacío hondo, una tristeza inexplicable. Esperó unos minutos más y decidió buscar a João para despejar un poco la mente y distraer sus pensamientos. Así que fue a buscarlo y ahí lo encontró con los demás. Todos ellos se sintieron sorprendidos al verla y sobre todo sola, ya que era usual conseguirla en compañía del pez sargento. Así que, ni corto ni perezoso, João le preguntó:

—Sami, ¿qué haces por aquí?

Ella respondió:

—Vine a visitarte y a compartir un rato contigo y con los demás.

—Me alegra sobremanera que vengas a vernos.

—A mí también.

Así que abrazó a su amigo con efusividad.

Mientras todos se dieron un chapuzón en el mar, contentos y llenos de jolgorio, Sami estuvo con ellos con su cuerpo, porque su mente y corazón estuvieron fuera de sí, pues no dejó de pensar en Joamar por más que intentó concentrarse en otras actividades no podía. Se quedó inmóvil sin tener un punto fijo y con la mirada perdida, los minutos y las horas pasaron con lentitud, ella deseaba que el día acabara y el sueño la atrapase.

João se acercó a Sami con preocupación, porque era la primera vez que la veía triste, y le preguntó:

—¿Qué te ocurre?

Sami contestó que sentía agotamiento y que mejor regresaría a descansar, ya que el sol se ocultaba y pronto anochecería. Llegó cansada por el trajín del día, así que durmió con profundidad.

Al día siguiente, Sami se despertó más tranquila y fue sorprendida por un sol radiante lleno de energía que le levantó los ánimos. Entonces, con confianza se dirigió a la orilla del mar y ahí la esperaba Joamar con una sonrisa plena. En aquel instante, se sintió tonta y dramática por todo lo que experimentó el día anterior. Sin embargo, no pudo disimular la alegría que inundó todo su corazón al verlo de nuevo.

—Disculpa por ausentarme ayer y no avisarte con tiempo.

—No te preocupes, no fue nada; además, aproveché para visitar a mis amigos. Sabes, el día estuvo entretenido y nos quedó corto para todo lo que hicimos —Sami era orgullosa y no permitiría que la vieran mal.

—Me alegra que pasaras un lindo día. Y de seguro que ni siquiera me extrañaste un poquito, ¿no?

—La verdad es que ni siquiera pensé en eso —con esa respuesta, ambos se echaron a reír.

Sin embargo, a los segundos Sami preguntó a Joamar

—¿Qué pasó, todo estuvo bien?

Joamar se quedó en silencio durante unos instantes, fijó la mirada en ella, esbozó una sonrisa cómplice y le dijo:

—Todo marchó bien, no pasó nada, no te preocupes.

Esta respuesta no la convenció, pero no insistió más en el tema y, al instante y de forma sorpresiva, Joamar con sus aletas la empapó con el agua fría del mar y esto motivó a que jugaran como críos saltando, gritando, corriendo cada uno con su ritmo; sin duda alguna, se complementaron. Fue todo un festín verlos cómo disfrutaban de cada instante; del mar, la brisa, la compañía, en fin... todo un deleite cómo esas dos almas desbordaron ventura y espontaneidad. La pregunta sería: ¿ellos lo sabrán? ¿Serán conscientes de todo aquello? Pues el tiempo lo dirá. En lo que jugaban en el mar apareció João y se acercó a ellos y les dijo:

—Me alegra bastante verlos contentos, disfrutar de este sol radiante y, sobre todo, verte más alegre, pequeña amiga.

—¿Por qué dices eso? —preguntó Joamar.

—Es que ayer la veíamos pensativa, ausente y distraída, fue como si no estuviese con nosotros.

Aquellas palabras sonrojaron un poco a Sami y llenaron de cierta curiosidad a Joamar que indagó más sobre los hechos ocurridos el día anterior. Pero Sami, antes de que siguiera preguntando, se defendió diciendo que, debido al cansancio, no estuvo atenta a lo que ocurrió a su alrededor. Por tal motivo, se fue a descansar temprano y que eso fue todo...

—Entonces, ¿me extrañaste? —y se echó a reír.

—¡Claro que no...! —y se sonrojó aún más.

Sin duda alguna, en aquel preciso momento, João entendió lo que en realidad estaba pasando al presenciar tal escena, pero prefirió restarle importancia.

Optó por salvar a su amiga de aquel bochornoso momento hablándoles sobre la magia que tenía el lugar, sobre la energía que irradiaba en cada visitante y que nadie volvía a ser el mismo una vez que se iban de allí.

—¿No les parece así?

Ambos asintieron con la cabeza afirmando que sí, pues por unos segundos todos se quedaron en silencio viendo hacia el firmamento y, de seguro enfocando, su mente en algún lindo o nostálgico recuerdo.

Después de unos breves segundos, Sami y Joamar se miraron con ternura y esbozaron una sonrisa cómplice, como si las palabras sobraran. Pero en aquel preciso momento ocurrió lo inesperado, ¡vaya que sí! Sami salió volando, literalmente volando, como si estuviese huyendo y vaya que así fue.

Resultó obvio que los demás no entendieron lo sucedido y se preguntaran si acaso hicieron o dijeron algún acto o palabra que pudiese haberla ofendido o incomodado, pero no encontraron ninguna respuesta a tal actitud, así que decidieron despedirse e irse cada uno por su lado sin decir nada.

Sami se dirigió a una de las gigantescas rocas con el único fin de pensar un poco y tomar aliento. Supo, en su interior, que no estaba bien o al menos se resistió a aceptarlo. ¿Aceptar qué? Justo ese fue el miedo que temió enfrentar; o sea, reconocer por fin lo que sentía por Joamar. Fue una mixtura llena de emociones, como de ilusión y temor, las dos al mismo tiempo, que inundaron cada milímetro de su ser.

Aquella tarde se quedó ahí hasta que se metió el sol, luego vino la luna a su encuentro y las estrellas se hicieron presentes. Comprendió que ya tenía que irse y en eso se percató que Joamar la esperaba en la parte más baja de la roca, justo en el lugar donde se vieron por primera vez.

Sami fue al encuentro con él y en aquel momento ninguno de los dos se animó a pronunciar ninguna palabra; al contrario, fueron envueltos por un profundo silencio un poco incómodo para ambos, hasta que por fin ella tomó la iniciativa.

—¿Estuviste esperándome? —lo dijo con suma timidez.

—Sí, necesito hablar contigo.

Aquel momento fue crucial para ambos, desnudarían el alma, liberarían ataduras y desfogarían emociones, ya que cada segundo que pasó fue, sin duda alguna, un morir en vida o una tortura que ya debía terminar.

—¿Sabes? No fui honesto contigo. El día que me ausenté lo hice adrede, te preguntarás por qué lo hice. Porque necesité entender lo que sentía, necesité saber si extrañaría tu ausencia. ¿Y sabes cuál es la respuesta? ¡Con locura extrema...!

Joamar se acercó un poco más a ella y la miró llena de ternura, como si ya nada alrededor existiese. Y en ese momento esperó escuchar o saber que ha pensado ella de todo esto. Sami se pronunció:

—No haré rodeos, no puedo más que aceptar que siento igual: me acostumbré a estar contigo, me siento libre y soy yo misma. ¿Qué más podría pedir?

Aquella fue una noche de confesiones en la que tuvieron como único testigo a la luna, quien presenció el momento idílico de la pareja. Pero ¿en realidad se podría hablar de amor? ¿Un ave y un pez podrían enamorarse? ¿Dónde vivirían? ¿En realidad sería posible esta unión? Sin duda alguna, en algún momento estas preguntas significarían un obstáculo verdadero que imposibilitaría la concreción amorosa de aquellos dos seres, ya que ambos representaban mundos diferentes: el mar y el cielo.

Justo por este motivo Sami temía aceptar lo que sentía en realidad, porque ambos sabían que sería una locura quererse, una locura aferrarse a aquello que tal vez jamás se daría por más esfuerzos que hicieran, porque morirían en el intento de estar juntos: él sin el agua vital y ella sumergida en las agresivas aguas del mar.

¿En realidad pagarían ese precio e irían contra la corriente y las leyes de la naturaleza? ¿Serían capaces de crear un castillo surgido de la nada? Sin preámbulos, se acercaron y se contemplaron uno al otro y la noche finalizó con unas tiernas y tímidas caricias sin importar lo que acontecería mañana.

Al día siguiente, en El atolón de las Rocas, todo prosiguió con normalidad ya que la brisa del viento y el mar se movieron al mismo ritmo como si estuviesen bailando una misma melodía y su vegetación reverdeció agradeciendo a la naturaleza por su generosidad desbordante y todos los visitantes disfrutaron del hermoso sol que hacía aquel día.

Sin duda, alguna la mañana estuvo motivadora. João y sus amigos estuvieron disfrutando de las grandes olas del mar, sumergiéndose una y otra vez sin que nada los detenga, cargada de carcajadas y ocurrencias propias del momento. En esto apareció Joamar y se sumó a aquel jolgorio y, a medida que fueron saltando las olas, se percataron que Sami todavía no llegaba. Esto puso bastante inquieto a Joamar, pero no dejó de disfrutar de la compañía. Mientras esto pasaba, João gritó con efusividad:

—¡Hola, querida amiga!

Entenderán que, en ese momento, el espíritu de Joamar saltó de alegría al ver a su palomita llegar y ella también sintió emoción al verlo, pero ambos contuvieron sus emociones frente a los demás. Sin embargo, como dice el dicho: «El diablo sabe más por viejo que por diablo». Podrían engañar a los demás, pero no ante los ojos sabios de su amigo João. Este no se atrevió a preguntar a su amiga por lo acontecido la noche anterior, porque ya imaginaba los motivos, así que atinó a decirle que contase con él para lo que quisieran. Le regaló una sonrisa y todos pasaron una tarde maravillosa compartiendo un grato momento.

Cuando ya el sol se fue metiendo, todos se fueron despidiendo y quedaron solos Joamar y Sami para seguir disfrutando de los colores que adquiría el atardecer y luego contemplar el manto oscuro de la noche salpicada de estrellas que le dieron un matiz romántico a la noche.

Así pasaron los días llenos de ilusión, lindos momentos de felicidad, olvidándose del mundo y todo lo que existía a su alrededor; por lo tanto, planearon y soñaron juntos. Fue su dicha inmensa y no dudaron más en compartirla con João, quien se sintió feliz por ellos y les otorgó su bendición. Sin embargo, se sintió en la obligación de mostrarles el panorama real que vivían y les preguntó:

—¿Son conscientes de su naturaleza? ¿Cómo formarán familia? ¿En realidad el amor lo podrá todo?

En aquel momento, ninguno de los dos pudo contestar a esas preguntas. El temor volvió y las dudas se acrecentaron. No había duda que João los quería demasiado, por tal motivo tuvo que poner las cartas sobre la mesa y, sobre la base de aquello, que tomaran la mejor decisión. Decidió dejarlos solos y, una vez más, el silencio se apoderó del momento. Ninguno de los dos fue capaz de continuar con la charla y decidieron retirarse cada uno por su lado.

—Deseo dormir y no pensar en nada más —pronunció Joamar y se retiró.

Todo lo contrario para Sami, ya que no pudo conciliar el sueño. Esa fue la noche más larga de su vida, una noche en la que tomaría una decisión definitiva, por dolorosa que esta fuese.

Empezó a recordar los momentos fantásticos que pasó junto a él y lo bien que le hacía sentir, también venían a su mente sus ocurrencias y las carcajadas que estas le provocaban. Sin lugar a dudas, estos momentos fueron increíbles para ella pero, al mismo tiempo, la lastimaban al sentir que tal vez se aferraba a una ilusión, porque él no podría ofrecerle todo lo que ella soñaba junto a él. ¿Le quedaba como un imposible? ¿Debía amarlo en silencio? ¡Eso jamás! Así que su decisión ya estaba tomada.

Temprano, al día siguiente por la mañana, Sami decidió esperar a Joamar en el lugar acostumbrado. Tenía la certeza de que él vendría a buscarla y así fue.

—Necesitamos conversar —inició Sami

—Lo sé —lo dijo con la voz baja y la mirada perdida.

Sami mantenía una ligera esperanza de que la relación podría cambiar, pero al mismo tiempo consideró que sería una locura. Una linda locura, por cierto, así que no le quedó más que enfrentarse a la verdad. Le preguntó qué pensaba de todo esto y él, con los ojos tristes, le contestó:

—Como quisiera tener el poder de cambiarlo todo, qué no daría por lograrlo y tenerte junto a mí, pero no deseo hacer promesas que tal vez no cumpla. Pensé en todo esto y la verdad es que somos de mundos distintos. Lo más seguro es que ninguno encaje en el mundo del otro —lo dijo sin mirarla a los ojos.

Estas palabras fueron como filosos cuchillos que se clavaron directos al corazón de Sami. Sin permitió quebrarse frente a él y actuó con suma firmeza, así que atinó a darse la vuelta y salir de ahí.

Al llegar Sami a su morada, afloraron sus sentimientos, los desfogó con llantos y culpó a su tonto corazón por haberla traicionado; luego, se quedó dormida. Ya pasando las horas y con ella la noche, la palomita despertó, respiró profundo y entró en unos instantes de paz que le permitió ver todo con mayor claridad. Por consiguiente, decidió regresar con los suyos que la querían y de seguro la extrañaban.

—Mañana mismo partiré, ya no tengo nada que hacer aquí. João tuvo razón al decir «quien vino acá, al irse ya no es el mismo». Sin duda alguna, no volveré a ser la misma.

Aquella noche, a pesar del aciago desenlace, Sami durmió tranquila porque se resignó: ya no lucharía por él ya que él no lo iba hacer por ella. Por lo tanto, se refugió en la creencia que de seguro ya todo estaba escrito y que debería ser así. ¡Vaya consuelo!

Al día siguiente, los ánimos fueron recomponiéndose con el ya acostumbrado sol radiante de El atolón de las Rocas. Esa mañana, Sami fue en busca de sus amigos ya que no podía irse sin despedirse, sobre todo de João, a quien quería mucho, pues la hizo sentirse como en casa. Ya todos estaban acostumbrados a las despedidas porque recibían visitantes de todas partes del mundo durante el año, pero João se había encariñado de forma especial con Sami porque la quería como un padre.

—Te extrañaré bastante, espero que un día regreses y recuerda que este es también tu hogar ya que aquí tienes bastantes amigos que te quieren.

João fiel a su estilo no atormentó con preguntas incómodas a su amiga, no quería entristecerla o complicarle la vida. Compartió con ella palabras que la llenaron de tranquilidad y que le produjeron sonrisas abundantes.

En lo que se estaban despidiendo, ¡ohhh, sorpresa...!, apareció de la nada Joamar y todos, al presenciarlo con admiración, decidieron dejarlos solos. Pese al momento que atravesaron, a ambos se les veía más tranquilos y esto fue aprovechado por Joamar, quien no quería perder la oportunidad de despedirse de ella y expresarle lo que sentía.

—Quise arrancarte de mis sueños, pero no pude conseguirlo. Sami, yo jamás te olvidaré porque para mí nunca te irás, siempre estarás presente en mi mente. Y a pesar de que no seré tu dueño, vivirás dentro de mí —se lo dijo mirándola a los ojospor primera vez—. Será hasta que nos volvamos a ver.

Esas palabras calaron en lo profundo de su ser, pero ya no hicieron daño o lastimaron. Por el contrario, halagaron y aliviaron cada milímetro de su espíritu que en ese instante volvió a nacer. Sami también tuvo unas palabras de despedida para él.

—Cuando te vi por primera vez, ahí al pie de esa gigantesca roca, sabía que te quería y aunque no serías para mí, marcaste un lugar importante porque ya eres parte de mi historia y estoy segura que vine aquí por ti, sin saberlo —terminó con una sonrisa espléndida.

Después de manifestar con libertad cada uno sus sentimientos, sin ningún tipo de ataduras o tapujos, ambos se liberaron y respiraron cierta paz. Sin embargo, no pasó desapercibida la nostalgia, porque con seguridad aquella quizás sería la última vez que se verían o sabe Dios cuándo.

Como dice el dicho: «No hay mejor doctor que el tiempo». Llegó la hora de despedirse y Sami, sin pensarlo más, se atrevió a darle un piquito tierno a su lindo pececito al que jamás olvidará. Y luego, voló, voló, voló... despidiéndose de este lugar paradisíaco, el más hermoso del mundo, El atolón de las Rocas de Brasil.

Así que, al final, Sami regresó al palomar y todos sus amigos la recibieron contentos y curiosos por saber con lujo de detalles todas las aventuras que vivió por allá.

Contó todo lo que sus ojos pudieron ver y los amigos que pudo hacer, y sobre todo, a João, su amigo. Pero, ¿saben que no contó? No contó sobre Joamar porque no iba a compartirlo: él quedaría guardadito en un lugar especial de su corazón.

Esta fue la historia de una palomita que fue contra viento y marea y que hizo lo que quiso, porque su vida fue un sinfín de aventuras que, por complicadas que se pusieron, vivió y disfrutó como si fuese el día último de su existencia. Así lo hizo Sami en su viaje a Brasil.

¿Las trampas del destino?

En cada parte, espacio, piedra, construcción o fortaleza de esta majestuosa ciudad del Cusco se esconden misterios maravillosos, magia cautivadora, desbordante misticismo y una alegoría festiva propia de su naturaleza. Del mismo modo, sus calles son testigos de secretos de romances desafortunados e idilios de amantes que viven con intensidad.

La historia comienza en la comunidad campesina de Occopata. Este centro poblado está ubicado dentro del distrito de Santiago, provincia y región de Cusco, con una altitud de 4477 m s. n. m. Esta comunidad es poseedora de una vegetación abundante, enormes cerros, pequeños riachuelos, variedad de animales de granja y un frío intenso que cala cada milímetro de los huesos.

Las casas de aquel poblado están construidas de adobe y barro, techos de paja y calamina. La mayoría no cuentan con una puerta principal, ya que los pobladores practican el *ama sua* que significa «no seas ladrón» (precepto moral inca o ley de sus antepasados). Algunas viviendas están estucadas con yeso y tienen diseños de flores o productos propios de la comunidad, cuentan con pocas habitaciones, estrechas y limitadas debido a la extrema pobreza de aquellas familias.

Sus calles de tierra son angostas, cuenta con una pequeña posta carente de una infraestructura adecuada y de medicinas, los niños asisten a sus escuelas con sus trajecitos pintorescos, la comunidad cuenta con un internado para estudiantes de secundaria denominados CRFA (Centro Rural de Formación en Alternancia), que brindan apoyo a los pobladores de la comunidad.

La historia tiene como protagonista a Chasca, una señorita risueña, de ojos grandes, dueña de una mirada intensa, cabellos azabaches, la naricita aguileña, piel canela y de tamaño menudo, la cual, como todas las mañanas, ha salido a pastear temprano al rebaño en compañía de su fiel amigo Toby, que movía la colita con emoción y al ritmo de la caminata.

El pastoreo, para Chasca, fue una actividad diaria que formó parte de sus jornadas de manera rutinaria, además de algunas otras tareas tales como: alimentar a sus animales de granja, ayudar en la chacra y expender sus productos por los mercados más cercanos de su comunidad.

Todo esto llenó de regocijo el corazón de la joven, pues amó la vida en el campo, disfrutó cada minuto con sus amigos, de la naturaleza, en fin, se sentía como pez en el agua. Pero una mañana, una tragedia pintó todo el paisaje con oscuridad y cubrió con un velo gris la sonrisa en el rostro de la joven.

Gregorio Checca Huillca, vecino de la comunidad, buscaba aquel día aciago y con desesperación a la jovencita. Gregorio tocaba puertas y puertas y nadie le daba razón de su ubicación, pues ignoraban dónde estaba y esto lo llenaba de mayor inquietud y pánico.

Fue un par de horas después cuando Chasca apareció cansada y en compañía de sus animales a quienes había llevado a pastear como lo hacía todos los días, pero la joven notó un silencio agudo y una expresión funesta en el rostro de sus vecinos, quienes con la mirada le transmitieron oscura tristeza, pero que ella no lo entendía ni podía descifrar.

Mientras avanzó en dirección a su casa, se encontró con una muchedumbre y esto comenzó a inquietarla y a incomodarla bastante.

En aquel preciso momento, Santusa Lonconi Arias, su tía, se acercó a la joven y, con lágrimas en los ojos, le dio la trágica noticia:

—Hija mía, vengo con el corazón en la mano —tenía la voz entrecortada—, pero lamento decirte que tus padres murieron. Ya están con Dios.

Chasca no creía lo que escuchó. Sintió que el tiempo se paralizó ante sus ojos, un frío intenso se apoderó de su cuerpo, su voz se ahogó en un grito profundo hacia adentro de ella, sintió un dolor fuerte en su corazón y, al instante, se desplomó como una carta de naipes en el viento. En aquel momento la levantaron y la hicieron descansar, pero cuando despertó, creyó que todo fue un sueño, pero no fue así para su desdicha.

Entonces preguntó:

—¿Qué pasó con mis padres? ¡Díganme, por favor...! —estaba exaltada, nerviosa y con los ojos llorosos.

Su vecino, el señor Gregorio, le contó lo que había ocurrido aquella mañana ya que él estuvo ahí, pero no sabía cómo narrarle lo ocurrido.

—Señorita, sus padres estuvieron preocupados por la temporada de cosecha. Pensaron que los tiempos le ganarían, así que decidieron quemar una parte del terreno para sembrar la papa. Entonces, su padre prendió el fuego. Todo estuvo bien al inicio, pero en cuestión de segundos todo se salió de control: el viento comenzó a soplar en contra y esto ocasionó que el fuego se extendiera rápido. Su padre trató de escapar pero, al percatarse de que su madre no aparecía, regresó a buscarla y al final el fuego los envolvió.

»Visualicé todo esto porque estuve arando mis tierras y los vi a la distancia, desde lo alto. Cuando percibí el fuego, corrí y corrí lo más rápido que pude, pero fue demasiado tarde para cuando llegué. Llamé a todos los vecinos que pude para que pudiésemos apagar el incendio porque este seguía extendiéndose y, una vez que lo logramos, encontramos a sus padres... lo lamento. Siento dolor por no haber hecho nada a tiempo por ellos —dijo con la voz quebrada y cabizbajo.

Al escucharlo, la joven lloró con desconsuelo, sus ojos fueron un mar de llanto y sufrimiento vivo que las palabras no podrían describir debido al hondo sentimiento del dolor que sus entrañas experimentaron y el desgarro intenso de su alma.

Chasca, a su corta edad, enfrentó la pérdida irreparable de sus padres. En aquel momento aciago una parte de ella murió; su sonrisa, su alegría y su luz se desvanecieron y fueron envueltos por un manto negro y funesto.

En el transcurso de los días, sus padres fueron velados y enterrados, acompañados con música y ofrendas de alimentos para comer y beber con ellos lo que más disfrutaban, costumbre propia de la comunidad.

Los amigos de Chasca, Juanita y Toribio, trataron de no dejarla sola: se turnaron para acompañarla ya que era hija única y temieron que cayera en una depresión profunda y muriera de tristeza.

La joven veía por la ventana el paisaje, a sus animales, a la gente que iba y venía, mientras recordaba los bonitos y cálidos momentos que pasó con sus padres: las carcajadas, los paseos de algunos fines de semana, la voz de su madre que le llamaba para cenar, hasta las resondras de su padre cuando se demoraba en llegar a casa. Extrañaba todo aquello. Sus ojos se llenaron de lágrimas porque no volvería a verlos más, ni podrá abrazarlos, ni escucharlos.

—Dios, siento tanto dolor en mi corazón. Siento una pena inmensa que embarga cada milímetro de mi ser. No sé si un ser humano soporte todo lo que estoy sintiendo... —no paraba de llorar.

En sus momentos de dolor y soledad, tuvo a Toby a quien abrazaba con calidez y quien, con sus lamiditas, la consoló; con sus ocurrencias, a veces le sacó algunas sonrisas y hasta carcajadas. El único que, en aquellos momentos, llenó su vacío aunque fuera por instantes.

Y así los días pasaron sin novedades. El frío intenso, los niños saltando y corriendo, propio del entusiasmo y la inocencia infantil; la tierra produciendo y los jóvenes soñando con un futuro mejor.

A pesar del paisaje hermoso, el aire puro, el canto de los pájaros, el sonido pacífico de la laguna, la confidencialidad de la noche y el brillo de la mañana, en fin, un paisaje digno de admirar, ya nada de aquello llenó de felicidad a Chasca. Al contrario, le traía recuerdos que la llenaron de tristeza, dolor y añoranzas.

Una mañana de mayo, se levantó y caminó descalza hacia su huerto. Apreció cada espacio con mayor detalle y tomó una tajante decisión. Pronunció estas palabras:

—Ya no pertenezco aquí, los seres que más amé ya no están y, con cada minuto que paso en este lugar, una parte de mí muere por la nostalgia. Los recuerdos que, en algún momento, me hicieron feliz, ahora me torturan y me consumen.

Entonces, decidió dejar la tierra que la vio nacer: su querido Occopata, donde vivió un sinfín de aventuras, donde hizo bastantes amigos, donde pronunció sus primeras palabras y dio sus primeros pasos, aquella tierra que supo de sus sonrisas, de sus llantos y de sus emociones.

Fue un viernes por la noche cuando Juana y Toribio quisieron sorprender a su amiga y hermana Chasca, y los sorprendidos fueron ellos. Al entrar a su casa, vieron dos maletas encima de la cama y las habitaciones casi vacías, como si nadie viviera en aquel hogar; el galpón y el gallinero desabastecidos, los animales que pasteaba tampoco estaban. Todo aquel panorama les preocupó y se preguntaron qué había pasado. En ese mismo instante entraron en pánico, pero a los segundos apareció Chasca y, como fantasma que estremece el cuerpo, gritaron, pues se llevaron un susto enorme. Les preguntó:

—Hola, amigos. ¿Qué pasó? ¿Qué hacen a estas horas por aquí?

Con el corazón en la mano y aún con el susto a flor de piel, Juanita le respondió:

—Vinimos a visitarte, ya que durante varios días no pudimos comunicarnos contigo y estuvimos un poco preocupados. También nos sorprendió la escena con la que nos conseguimos hace un momento. ¿A qué se deben las maletas y el estado de tu casa?

—Amigos, no quise decirles nada hasta ahora ya que pensé en infinidad de posibilidades y situaciones. Por lo que entenderán la pérdida de mis padres sigue siendo dolorosa para mí, todo esto me ha puesto susceptible y tomé la decisión de partir de aquí. No dije nada porque quería evitar despedidas tristes. Partiré mañana temprano.

Entonces Toribio, bastante sorprendido con la noticia y preocupado, le preguntó:

—¿Pero a dónde irás? No tienes familia en otro lado, ¿estás segura que es el momento de hacer esto?

Entonces Chasca, con firmeza, respondió que sí y que nada impediría su decisión. Que ella había organizado todo con su tía quien, con amabilidad, aceptó que cuidaría su casa y se haría responsable de algunos de sus animalitos el tiempo que estuviese ausente.

Todo estuvo bien planificado y sus amigos no tuvieron mayor alternativa que apoyarla en su decisión. Pese a que Chasca no quiso despedidas tristes, ellos la abrazaron y la llenaron de besos sentidos.

—Sabes que te amamos demasiado y no olvides que contarás con nosotros. Estés donde estés, ahí estará nuestro corazón con el tuyo.

Después de estas palabras, Juana la abrazó fuerte como símbolo de despedida y Toribio también se sumó a este sentimiento sublime.

Al día siguiente de madrugada, la joven partió acompañada con el canto de los gallos que anunciaron el inicio de un nuevo día, el sol saliendo en medio de un día gris, los animales despidiéndola y en el transcurso del camino las montañas y el lago como únicos testigos de un nuevo comienzo.

Sin duda, Chasca sintió miedo y zozobra al enfrentarse con esta aventura, con la incertidumbre de qué podría pasar, pero ya fue tarde para arrepentimientos. Tenía que seguir adelante y no vacilaría ni un segundo, así que continuó su camino.

Cerca del paradero de los autos que salían de Occopata a Cusco, tuvo una sensación fría que embargó su cuerpo, la paralizó unos instantes y también, de modo simultáneo, una especie de calambre en las piernas. Vaya que la sensación fue única. Pero se repuso. Recuperó el aliento y se dirigió a uno de los autos, subió de inmediato y visualizó desde la ventana todo el panorama: el pasaje de aquella hermosa tierra que la vio nacer y ahora la ve marchar.

Algunas lágrimas cayeron de sus ojos ya que vino a su mente la imagen de sus padres, los momentos vividos con sus amigos, el pastoreo con sus animales, las conversaciones con sus vecinos, las costumbres propias de la comunidad. Todo aquello lo estaba dejando, pero sabía dentro de su corazón que había tomado la mejor decisión por más dura que pareciese.

Cuando el chofer llenó el auto con sus pasajeros, arrancó y, de modo progresivo y con cada segundo, aceleró más hasta alejarse del lugar. Mientras tanto la joven se fue despidiendo de aquel lugar sin perder de vista cada detalle del paisaje.

En el transcurso del viaje el sol se manifestó, la mañana amaneció con la amenaza de un día gris, pero después de unos instantes todo se iluminó, ya que los rayos del sol se hicieron presentes iluminando al día. La claridad del amanecer despertó la curiosidad de los ojos y se sintió el calorcito resplandeciente que abrazó cada parte del cuerpo. El día inició motivador, augurando un buen comienzo.

El conductor, fiel a su estilo, manejó con una velocidad que inquietó y alertó a los pasajeros. De fondo, acompañó el trayecto del viaje con unos huaynos que cantaba a puro pulmón y que, de alguna manera, matizaban la mañana. A medida que pasaron los minutos, Chasca experimentó una mixtura de sentimientos dentro de ella: nervios, miedo, emoción, nostalgia.

Fue alejándose cada vez más de su amada tierra y pensó que enfrentaría un nuevo reto que, sin duda alguna, tenía la certeza que cambiaría su vida. Ya cerquita, llegando al final de su destino, la joven observó un poco sorprendida las casas de material noble y de varios pisos, los autos de distintos modelos o marcas, las diversas tiendas, niños jugando por la pista, los ambulantes ofreciendo sus productos, algunas escuelas, en fin, una realidad distinta a la que, hasta aquel momento, estaba acostumbrada.

Cuando el auto entró al terminal, el corazón de Chasca comenzó a acelerarse un poco más, pues esta era la última parada de su viaje. Los pasajeros comenzaron a salir del auto y a sacar sus equipajes. Supo que, una vez que pusiese un pie afuera, empezaría una nueva vida de la cual aún no conocía nada.

Bajó del auto y sacó sus maletas. Vio todo a su alrededor, respiró con profundidad y dibujó una sonrisa tímida en su rostro. Dijo en voz alta para convencerse a sí misma:

—Estoy aquí, en el lugar que decidí estar, pues ya no hay lugar para arrepentimientos. Sé que papá y mamá me cuidarán y estarán orgullos de mí. Me tiemblan las piernas y me palpita a mil por horas el corazón, pero esto demuestra que estoy viva y que tengo las fuerzas para enfrentar todo lo que venga —se tocó el rostro, miró el cielo celeste, dio una vuelta lenta y sonrió.

No le importó si el resto la observó o no, fue espontánea y expresó en aquel momento lo que sentía y, de algún modo, se liberó. El siguiente paso que dio fue buscar un lugar dónde vivir, un lugar que se ajustara a su economía y en el que se sintiera cómoda como en casa.

Chasca tenía unos ahorros y también dinero de la venta de todo su rebaño y de otros animales que tuvo en su granja. Pasó algunas horas buscando habitación y, al mismo tiempo, observando y familiarizándose con las calles históricas de la ciudad de Cusco. Y así pasaron las horas hasta que por fin llegó a una callecita que le llamó la atención por el ruido de un río que fluía por debajo de un puente cercano, la gente pasando por aquí y por allá, la presencia de comerciantes ofreciendo sus productos, pasajeros bajando y subiendo a los buses, niños jugando y corriendo. Visualizó dos centros comerciales uno de productos de mercado y el otro de ropa y electrodomésticos, también vio un terminal terrestre. Todo eso le demostró que había vida en aquel lugar y que ya no se sentiría sola, entonces decidió que se establecería ahí.

Y como dice el dicho: «El que busca, encuentra». Así que Chasca encontró una casa que le llamó la atención por el color de la puerta y el grabado que había en ella. Se animó y tocó. Se puso nerviosa y dudó, pero siguió adelante. En ese momento, abrió la puerta Anita, una viejecita de cabellos blancos, unos lentes grandes, una mejillas rojitas y poseedora de una mirada dulce. La joven preguntó si había habitaciones para alquilar y adelantó que podía pagar uno económico. La anciana le respondió:

—Claro que sí señorita, tengo una pequeña pero cálida eso sí —y se echó a reír.

Pasaron al interior de la casa, le mostró la habitación y Chasca quedó más que complacida con el ambiente, además del carisma y la amabilidad de la propietaria. Las horas pasaron y terminó de mudarse al cuarto referido. Llegó la noche y aquella fue la primera vez que durmió fuera de su hogar, alejada de sus tierras, de su gente, sus amigos y animales.

—Es extraño, siento tristeza y nostalgia, pero al mismo tiempo curiosidad y deseos de vivir nuevas experiencias. En fin... —miraba por la ventana de la habitación, la cual le permitía visualizar la luna y la estrellas cerca de ella.

Después de un merecido descanso, amaneció. Así que se levantó, mostró su mejor sonrisa y se recargó con los mejores ánimos.

Antes de salir, Anita la invitó a compartir un desayuno con ella. Le conversó con confianza, le hizo algunas preguntas, no con la intención de incomodarla, y fue fluyendo un momento agradable de aquella manera. Sin duda alguna, Chasca se sentía como en casa, respirando un ambiente cálido como cuando compartía con sus padres. Mostró una ligera sonrisa. Por momentos, sintió un poco de nostalgia cuando vinieron los recuerdos a su mente. Tenía que seguir adelante y enfrentar sus propios miedos y el reto que se puso a sí misma.

Al terminar de desayunar y dejar la dulce y agradable compañía, salió de la casa y buscó un empleo, así que pasó horas explorando las distintas calles de la ciudad del Cusco, preguntando y preguntando y nada de nada. Por momentos se sintió cansada y hasta un poco arrepentida por su decisión: estando en su cuarto, luego de la búsqueda fallida de empleo, exclamó:

—Sé que no será fácil, pero a veces siento que no debí venir, creo que no pertenezco aquí... ¡Dios, dame fuerzas y voluntad!

Se puso a llorar con desconsuelo como una niña, ya que no aguantó la frustración y la soledad. Después de unos minutos el sueño la venció.

Al día siguiente, como todas las mañanas, Chasca ya estaba lista para hacerle frente al mundo y a ponerle la mejor actitud. En esto, Anita la llamó a desayunar y agregó que no aceptaría un no por respuesta, así que se quedó con ella un rato.

—Hija, te escuché llorar anoche —le dijo mientras se sentaban—. No tienes por qué avergonzarte conmigo: cuéntame que te pasa y, si puedo ayudarte, lo haré con todo gusto.

Chasca quiso reservar sus inquietudes, sus problemas y miedos, pero la mirada y las palabras de esta tierna ancianita la llenaron de confianza y le dieron paz. Decidió confiar en ella y desfogar un poco todo aquello que cargaba en su mente y en su corazón. Así que, con sencillez, expuso sus sentimientos y, mientras lo fue haciendo, se fue quebrando y liberando al mismo tiempo:

—Desde que llegué aquí, la mayoría de las veces me he sentido sola. Extraño a mis padres, a mis amigos, a mi gente. Sé que quiero estar aquí, pero el precio que estoy pagando es alto.

»Encima, busco trabajo y me frustra no encontrarlo. Siento que se cierran todas puertas para mí —se puso a llorar sin consuelo, apoyándose en la mesa.

En ese preciso momento, la ancianita se acercó a ella y la abrazó con fuerza, acarició sus cabellos y le dio un beso en su mejilla.

—De hoy en adelante, ya no te sentirás sola: me tendrás a mí para lo que necesites. Aunque no ocuparé el lugar de tus padres, mírame como a una amiga en la cual podrás apoyarte, ¿sí?

Chasca correspondió a ese afecto desinteresado y, por primera vez, después de la muerte de sus padres, sintió alivio y paz en su corazón. Sobre todo dejó de sentirse sola. Esbozó una sonrisa.

⁂

Después de aquel momento conmovedor, Anita le dio una noticia motivadora a la joven al decirle que su amiga tenía una tienda de artesanía en el centro de la ciudad. Si aceptaba, podría trabajar ahí.

Sin dudarlo, Chasca aceptó, no lo pensó ni por medio segundo. Al contrario, se puso contenta y derrochó entusiasmo y efusión en su rostro a más no poder. Salió de la casa, tomó un bus que la dejó en el centro cerca a la plaza de armas en el barrio de San Blas.

Este barrio de San Blas es conocido también como el barrio de los artesanos debido a la diversidad de artesanía cusqueña que se difunde en ese lugar, además de ser uno de los principales atractivos de la ciudad gracias a sus edificaciones, su continuo movimiento de personas de distintas nacionalidades, sus estrechas calles, la diversidad de galerías y talleres de importantes artistas cusqueños, su plazoleta y un majestuoso mirador que permite deleitarse de una vista panorámica del lugar.

Chasca pudo llegar por fin a la tienda de la amiga de la anciana, quien le recibió con amabilidad:

—Buen día, señorita. Soy Margaret y desde hoy trabajarás conmigo.

—Bueno días. ¿Cómo supo que soy yo? —preguntó sorprendida.

Sin duda alguna el recibimiento fue inesperado, pero al mismo tiempo agradable, ya que la dueña del local se mostró dócil, cálida y le hizo sentir bien. Después de eso, ingresaron a la tienda: era una de aquellas en la que se venden todo tipo de prendas artesanales como chompas, chalinas, vestidos, chullos, chumpi o correa, camisas, sandalias… llamativas para los turistas extranjeros o locales.

La señora Margaret, dueña del local, le dio todas las indicaciones para el manejo de la tienda; ella escuchaba con atención y anotaba algunos puntos importantes. Sin duda alguna estaba nerviosa en su primer día de trabajo pero, a medida que pasaban las horas y los días, fue entrando en confianza y entendiendo el negocio.

Así fueron pasando los meses entre risas y colerones propios de la rutina. Pese a todo, resultó ser un ambiente tranquilo y sin novedades. Hasta que una mañana de noviembre un joven de cabellos rubios, piel blanca, ojos azules, alto, con una voz varonil y encantadora y que, por cierto, en aquel momento vestía una camisa azul a cuadros, una casaca negra, un pantalón crema, unos zapatos negros tipo militar y una mochila inmensa, ingresó a la tienda y preguntó por unos guantes, ya que aquella mañana el frío estuvo intenso. Chasca salió a atenderlo, con una sonrisa gentil, como lo hacía con todos los clientes, el turista extranjero también le correspondió con un gesto amable.

—Dígame, ¿en qué le puedo ayudar? —dijo con actitud simpática.

Este joven se dirigió a Chasca con su español mal pronunciado con el cual intentaba comunicarse, lo que a ella le causó gracia y, de forma espontánea, se le salió una risita. Lejos de que al joven le molestase aquello, también se echó a reír. Así rompieron el hielo y el ambiente se volvió cálido, lo que motivó a una presentación más personal.

—Hola, mi nombre es Volker Fischer, soy de nacionalidad alemana y estoy desde hace tres días en Cusco. Vine con unos amigos a conocer esta maravillosa ciudad. Me disculparás mi español mal hablado ja, ja, ja...

Entonces Chasca hizo lo propio: se presentó, le dijo que ella era de una comunidad de Cusco, que se estaba habituando a la ciudad y a sus propias costumbres, que estaba allí sola pero que hizo amigos, y que su lengua nativa es el runa simi (quechua). Y bueno, así fluyó la conversación entre los dos, aunque breve ya que la clientela se iba sumando y él iniciaría en minutos su recorrido por la ciudad.

Volker compró los guantes que había pedido y se despidió de ella con un «Espero verte pronto» y una miradita cómplice, instante en que Chasca trató de recuperar la compostura y esquivó la mirada. Mientras se iba alejando de la tienda, miró por la ventana, tímida, con el temor de que la viera. Se sintió extraña, una conexión extraordinaria que no había experimentado. Pero bueno. Sacudió la cabeza y dijo para sus adentros: «¡Qué tonterías…!». Volvió en sí y siguió con sus actividades.

La noche ya se aproximaba y con ella el cansancio y agotamiento del trabajo. Chasca alistó sus enseres personales para salir rumbo a casa. Sus amigos y algunos compañeros de trabajo seguían la misma línea así que, por lo general, salían juntos y se acompañaban hasta cierta parte del camino.

Julián, un trabajador y joven urubambino, solía acompañarla por las noches ya que coincidían en su ruta. Se habían hecho buenos amigos, hablaban de múltiples temas, se daban consejos y, además, ambos estaban alejados de sus tierras y de sus familias, así que tenían algunos aspectos en común.

Chasca, a pesar de lo ocurrido en su tierra natal, se mantenía alegre, sociable, sensible, perseverante y de nobles sentimientos. Era toda una guerrera, una mujer que enfrentaba cualquier situación con firmeza y elocuencia. Aquella noche, llegó a casa agotada. Su deseo era dormir pero, a pesar de eso, entró al dormitorio de Anita: la saludó y la llenó de besos y abrazos. La viejecita era quien la llenaba de paz y, en aquellos momentos, era su única familia: era su madre y su padre en un solo ser.

Anita era una mujer viuda: había perdido a su esposo hace muchos años y no pudo tener hijos. Por ese motivo, se encariñó demasiado con la joven, ya que veía en ella a una hija.

Al día siguiente, se levantó con el ánimo repuesto. Tomó un desayuno rico y sustancial que «mamá Anita» le había preparado con cariño. Le dio un beso en la mejilla y se fue a trabajar. Llegó a su trabajo, comenzó a arreglar algunas mercancías de la tienda, su rutina diaria y ya en la tarde apareció de nuevo Volker.

—Hola, Chasca, ¿te acuerdas de mí? —le dijo con una sonrisita y una miradita fija—. Vine ayer y te compré unos guantes. Espero no estar molestándote.

—No, claro que no —se sintió sorprendida al volverlo a ver—. ¿Qué tal su estadía en Cusco? ¿Qué lugares visitó? ¿Cuánto tiempo se quedará?

—Vaya, son varias preguntas las contestaré en orden, je, je, je —se rió a carcajadas y graficó con las manos lo que decía—. Cusco es una linda ciudad, se respira calidez y es majestuoso en todos sus sentidos: su comida, sus costumbres, su gente. No puedo quejarme, fue la mejor decisión que pude tomar —mencionó con los ojos emocionados.

»Visité la ciudadela de Machu Picchu, una magnífica ciudad. Es impresionante por sus templos, andenes y canales de agua, ubicada en lo alto de una montaña del Valle del río Urubamba. Siento que me llené de energía.

»En cuanto a su última pregunta: me quedaré unos días más y de ahí retorno a mi país.

Por unos segundos, el ambiente se quedó en silencio. Sin duda alguna, fue una sensación extraña e incómoda para ambos. Era como si se hubieran quedado sin oxígeno o el aire se hubiera evaporado en el tiempo.

Una llamada telefónica al celular de Volker salvó el momento: era de la agencia «Cusco Tour», quienes se comunicaban para concretar las actividades y visitas programas en los lugares atractivos de la ciudad. Cuando terminó de hablar, Volker hizo una invitación a la joven, pues le quedaba ya pocos días en Perú y Chasca le había agradado tanto que no quería perderse la oportunidad de conocerla un poco más. Así que se armó de valor y, feliz, la jovencita aceptó. Estaba un poco dudosa al inicio, pero se animó y se dijo:

—No perderé nada con conocerlo. Será una oportunidad, quizás, para hacer un amigo.

Quedaron en verse por la noche; él la esperaría por la iglesia de San Blas ya que no quería llamar la atención de sus compañeros de trabajo, así que ahí estaba bien. Al llegar la hora, Chasca se sintió nerviosa e inquieta. Incluso dudó si fue buena idea aceptar la invitación. Pensó:

—¿Qué hablaré con él? ¿Por qué me invitó a mí?

Sus ideas dieron vueltas en su cabeza, pero ya era tarde para retractarse y tenía que cumplir con su palabra. Salió más que apurada del local pues no quería encontrarse con Julián para luego darle explicaciones. Mientras se iba acercando, sintió retortijones en el estómago y también experimentó nervios inusuales, porque al encontrarse ya no sería la vendedora y el cliente, sino serían Chasca y Volker, dos desconocidos en su esencia pura.

—Ay, ¡Por qué pienso tanto lo que me sucede...! —levantó los brazos y miró hacia la luna—. ¿Por qué me complico? —juntó sus labios, haciendo trompita.

Caminando y pensando, llegó al lugar pactado. Ahí estaba Volker sentado en las graderías que conducían a la puerta principal del templo. Sus luces iluminaban la noche. Aquellos dos postes cercanos resaltaban la belleza de aquella construcción antigua e importante para la ciudad, y aquel color azul de las puertas, tanto del templo como de las casas que la rodeaban, le daban un misticismo mágico e impresionante al lugar.

Quizás fue la primera vez que Chasca prestó mayor atención a cada detalle de aquel lugar que, en realidad, apreció por su belleza y valor. Volker se paró y bajó de estas graderías, se acercó a ella y le dijo:

—*Hallo, schöne Frau.*

—¿Cómo dices? No te entiendo —se puso un poco más nerviosa.

El joven extranjero se acercó un poco más a ella, la agarró de la mano y le dijo:

—*Hallo, schöne Frau...!* Te estoy hablando en alemán y significa «¡Hola, linda señorita!».

Chasca se sintió confundida, pero al mismo tiempo halagada con las palabras de Volker. Se saludaron y caminaron sin un rumbo fijo, deleitándose uno al otro con la compañía y con lo que aquella noche ofrecía: la luna que alumbraba todo a su alrededor y las estrellas que eran sus testigos.

Bajaron a la plaza de armas charlando de distintos temas, compartiendo sus experiencias, en fin... Se dirigieron a Regocijo, una placita cercana. Siguieron caminando y caminando hasta que se animaron a subir a San Cristóbal que, por cierto, tiene un mirador espectacular que permite apreciar la majestuosidad de la ciudad.

—¡Guau...! ¡Qué lugar tan hermoso! ¡Qué fantástica vista!

Sin duda alguna, el joven extranjero se sintió asombrado por lo que pudo observar: Cusco con todo su esplendor. Pero sobre todo por la compañía, por disfrutar de un momento agradable. Ambos jóvenes sintieron una conexión, aunque ninguno se atrevió a decirlo o quizás ninguno de los dos lo sabía aún.

Las horas fueron pasando entre risas y risas, compartiendo sus propias aventuras y desventuras. Hablaron como si se conocieran de toda la vida. Sin duda alguna, fue una noche mágica y especial. Como dice la frase: «Hasta el mejor libro tiene su final»; ya era tarde así que debían despedirse. Volker acompañó a Chasca a su casa y de ahí tomó un taxi rumbó al hotel donde estaba hospedado.

Chasca no pudo dormir. Fue la primera vez que un chico había despertado tanto interés en ella e inclusive se sorprendió al haber aceptado salir con un completo desconocido, pero Volker le inspiraba confianza desde el primer momento que lo vio.

Al día siguiente, se levantó con una sonrisita que se dibujaba en su rostro. Mamá Anita la notó extraña, en el buen sentido, y sintió alegría por ella.

Después de desayunar, fue rumbo a su trabajo como lo hacía todos los días. En las gradas que conducían al barrio de artesanos de San Blas, el joven extranjero la esperó sentado con una rosa blanca en la mano. Se acercó a ella, la besó en el rostro y le dijo:

—Hola, vine temprano porque quería verte, estoy hospedado por aquí cerca. Entiendo que hoy trabajas, pero ¿mañana podrías ser mi guía?

Chasca quedó complacida por las palabras y la invitación de Volker, y sorprendida porque no imaginó verlo tan pronto. Ambos se quedaron en silencio y se comunicaron con las miradas. La sonrisa de ella sirvió de afirmación a su pregunta.

—Claro que sí, me gustaría acompañarte —se sonrojó un poco.

Se despidieron. Él volvió al hospedaje y a un sinfín de actividades turísticas que tendría durante aquel día; ella prosiguió rumbo a su trabajo.

Aquella mañana fue diferente a las demás: la joven estuvo inquieta, atendía con mayor esmero, se le veía con mejor humor y con una sonrisa de par en par. Fue obvio que esto despertó la curiosidad de Julián, quien la conocía bien, ya que la notó entusiasmada. No desperdició la oportunidad de preguntarle:

—Amiga, ¿pasa alguna cosa contigo? Te lo pregunto porque te veo con un aura distinta, no sé, más contenta, efusiva... ¿Cuáles son los motivos? Cuéntame. ¿Qué pasa?

La joven no pudo esconder sus sentimientos y menos sus emociones, su mirada cómplice lo dijo todo. Por momentos se sintió tonta e ingenua, albergando aquellas sensaciones que cada vez fueron más fuertes.

Se animó y le contó a Julián que había conocido a un joven alemán, con quien tenía en común afectos, gustos y visiones de vida, pero sobre todo que hubo, desde el primer contacto, una conexión especial entre ambos.

Julián se alegró por ella ya que la veía contenta, con una vitalidad y un brillo en sus ojos. Pero, dentro de él, guardaba sus dudas ya que los turistas van por distintas partes del mundo y luego regresaban a sus países de origen. Tal vez temía que Chasca se ilusionara y terminara lastimada, pero no quería consentir mayor negatividad. Le dijo que se alegraba por ella y que lo tomara con tranquilidad.

Las horas pasaron hasta que llegó la noche. Todos se fueron preparando para salir del trabajo, sobre todo contentos ya que al día siguiente sería domingo y eso significaría descansar hasta más tarde; olvidarían, aunque fuera por ese día, las obligaciones y las responsabilidades.

Amaneció y todo anunciaba un día pleno: la luz radiante de la mañana, los pajaritos cantando cerca de una las ventanas y en el árbol más cercano; el sonido de algunos buses alborotando los ánimos, el sonido de las campanas invitando a misa y el cuchicheo de los parroquianos; en fin, la algarabía propia del domingo.

Chasca se levantó temprano, comenzó a alistarse y preparó todos los implementos necesarios en su mochila: unos lentes, un bloqueador, un gorrito, jugos y sánduches de pollo para los dos. Una vez que hubo terminado de prepararlo todo, vio por la ventana una y otra vez. A medida que fueron pasando los minutos, se fue poniendo más inquieta y pasaron infinidad de ideas por su loca cabecita.

—¿Y si no viene? ¿Y si se desanimó? —no paraba de mirar con ansiedad por la ventana de su sala.

Ya eran las 7:30 a.m., una hora después de la hora pactada. Esto la hizo caer en una incertidumbre de no saber por qué demoraba, si ya no vendría o si no encontraba su casa ya que él no era de aquí.

Luego de aquellas múltiples especulaciones propias de la ansiedad, a los segundos de todas aquellas hipótesis, se escuchó un auto que estacionó al frente de la casa, de color blanco. Miró por la ventana y era Volker. Se paró cerca a su puerta y ella salió a su encuentro. En ese instante, el alma volvió a su cuerpo. El joven extranjero se mostró apenado por la demora.

—Por favor, discúlpame, no suelo ser impuntual, pero tuvimos algunos inconvenientes con el auto y me arrepentí de no haberte pedido tu número celular para llamarte. Espero puedas dispensarme —tenía la voz agitada.

—Descuida, Volker, suele pasar. No tienes por qué sentirte mal, aunque sí me extrañó un poco tu demora. Lo que importa es que estás aquí y ya —le guiñó y sonrieron.

Los jóvenes subieron al auto: como todo un caballero, le abrió la puerta y Chasca pudo acomodarse. El auto arrancó y, por fin, emprendieron rumbo a la aventura que vivirían aquel día. Ella preguntó:

—Dime, ¿a dónde iremos? —se mostró efusiva y emocionada.

—A donde el destino nos lleve —con una sonrisita pícara.

La aventura empezó. Visitaron diferentes atractivos de la ciudad. Iniciaron con la visita a Cristo Blanco que, por cierto, es dueño de un panorama hermoso: Sacsayhuymán, conocida como la casa del sol, una construcción que impresionó a los ojos de Volker.

—¡Digno de ser admirado, esta arquitectura es maravillosa! ¡Qué afortunados deben sentirse por la riqueza que les dejaron sus antepasados…!

Recorrieron cada espacio de aquella fortaleza, respiraron el aire puro de la naturaleza y, sin duda alguna, se cargaron de una poderosa energía. Continuando con su recorrido, se dirigieron a Q´enqo, Puka Pukara, Tambomachay, haciendo sus paradas en cada uno de aquellos lugares y admirando la belleza de estos yacimientos arqueológicos. A pesar de que Chasca ya había estado bastante tiempo viviendo en la misma ciudad de Cusco, no se había dado la oportunidad de visitar aquellos hermosos lugares; por lo tanto, ella también se sintió admirada y conmovida por presenciar tales paisajes.

Las horas fueron pasando y, con ellas, el hambre. Continuaron con su recorrido a Urubamba, donde harían una parada para poder almorzar. El chofer que les hacía el tour les llevó directo a una quinta llamada El buen sabor Urubambino. Bajaron del auto, ansiosos por disfrutar los platos típicos de aquella zona, así que pidieron la carta. El joven extranjero no supo por dónde empezar ya que el nombre de los platos era confuso para él, por lo que Chasca le sugirió algunos aperitivos propios de la zona.

—No puedes decir que conociste de modo pleno a Cusco si no te deleitas de sus platillos típicos —lo miraba a los ojos mientras le daba la carta.

La joven pidió los platos: cuy al horno (que suele servirse con rocoto y tallarín al horno), timpu o puchero (un caldo sustancial) y, para beber, chicha de jora (hecha de maíz). Sin duda alguna, a Volker la gastronomía le resultó interesante y poco peculiar, sobre todo la presentación del cuy ya que, para él, era una mascota y no concebía la idea de comérsela.

—¡Imposible, no puedo hacerlo! —estaba sorprendido y hasta asustado.

Chasca le fue explicando sobre las bondades de este plato y un poco sobre su historia. Aunque él se resistía a probarlo, la joven se reía de oreja a oreja por la postura de su compañero. No le insistió más y le hizo degustar del puchero y la chicha de jora la cual, por cierto, le terminó gustando al joven extranjero. Así se deleitaron con la comida y con el clima de aquel día que estuvo soleadito, despertando los ánimos.

Terminado el festín, su siguiente destino fue Ollantaytambo. En el transcurso del recorrido, Chasca le explicó que esta palabra provenía del quechua: Ullantaytampu, que significa «almacén o posada de Ollanta». Aquella fortaleza era un sitio arqueológico incaico que se hallaba a unos 90 km al noroeste de la ciudad del Cusco.

—¡Qué interesante información! Sin duda alguna, eres mi guía favorita, je, je, je.

Por fin llegaron a Ollantaytambo y se deslumbraron por sus callecitas autóctonas, los locales llenos de color, su artesanía, los pobladores con sus trajes típicos, la presencia de llamas por la zona. Todo era bonito y mágico.

Cuando llegaron a la fortaleza, compraron los tickets e ingresaron al lugar. En ese momento, Volker agarró de la mano a Chasca. Ella lo miró risueña y no se resistió. Al contrario, le correspondió estrechando su mano y siguieron caminando y recorriendo toda esa maravilla que la fortaleza les ofrecía.

Los dos jóvenes se deslumbraron por los enormes andenes trabajados en piedra y sus imponentes construcciones de más de cuatro metros de altura. Este lugar era un deleite mágico para los ojos de cualquiera y porque su arquitectura representó un estratégico centro militar, religioso y agrícola. Se quedaron varias horas conversando: Chasca contándole algunas leyendas del lugar, él compartiendo algunos mitos o creencias de su propio país, riéndose de rato en rato los dos, sentados en la comodidad del pasto verde y disfrutando del radiante sol de ese día.

Ya casi anocheciendo, se retiraron de la fortaleza, se dirigieron al auto que los llevó de regreso a Cusco, se acomodaron en el asiento de atrás y Volker pasó su brazo por la espalda de Chasca. Ella sujetó su mano junto a la suya, se acurrucó con él y, durante el trayecto de regreso a la ciudad, acompañados de un temita de fondo que puso el conductor, iba tarareando un temita que puso el conductor de fondo, de un cantante cusqueño reconocido William Luna.

Ambos jóvenes quedaron exhaustos; por lo tanto, se quedaron dormidos hasta llegar a su destino. Pasaron las horas sin novedades. El conductor los despertó cuando llegaron a casa de Chasca.

—Jóvenes, despierten. Ya llegamos —la música seguía su ritmo.

Chasca y Volker salieron del auto, él la acompañó hasta su puerta. Ambos se sintieron contentos por el día que pasaron juntos, fue un día especial... El joven se armó de valor, se acercó a ella. Le agarró con suavidad el rostro, se acercó más y, con pasión, la besó. Chasca correspondió, aunque al inicio se quedó paralizada. Volker, como un adolescente, corrió hacia el auto y la miró desde la ventana. Ella atinó a sonreírle y, entre emoción y nervios, abrió la puerta y entró a su casa.

Sin duda alguna, fue un día inolvidable. Mamá Anita la esperaba preocupada; una vez que la vio, recién pudo respirar. Chasca la abrazó con efusividad y no pudo esconder toda la emoción que llevaba dentro.

—Hija, me preocupaste, te fuiste todo el día. Te preparé una cena rica, debes estar con hambre. Mientras vamos comiendo, cuéntame, ¿cómo te fue?

Chasca le fue narrando con lujo de detalles todos los lugares que habían visitado, lo que habían degustado durante el día, la bonita compañía, el paisaje, en fin... mamá Anita le escuchaba con atención y, a medida que la historia seguía su curso, también se iba emocionando y recordando aquellos años mozos de su juventud y las aventuras que vivió.

—Me alegra que lo hayas pasado bien, hija. Te lo mereces.

Ante esto, Chasca se acercó a mamá Anita, la abrazó con ternura y con afecto, le dio un beso en la frente y se fue a dormir. A pesar que la emoción la embargó en aquel momento, el cansancio fue más fuerte y sus ojos se cerraron y durmió.

Al día siguiente, Chasca despertó con una sonrisa y una emoción que le invadía el corazón. Se bañó, se cambió, tomó desayuno temprano como lo hacía todos los días y salió de casa directo a su trabajo con la sensación y el deseo de que el joven alemán apareciera ahí, de la nada, la abrazase y le sorprendiera con un par de besos. Pero nada de eso pasó. A medida que fue avanzando hacia el trabajo, no lo vio en ningún lado. Lo buscaba con la mirada y no había rastro de él.

Por fin llegó a su trabajo, saludó a sus compañeros y la jornada inició como era usual. Chasca albergaba una pizca de esperanza de que Volker apareciera en algún momento como solía hacerlo, pero las horas fueron pasando y, a cada minuto que descontó el reloj, ella sintió inquietud y ansiedad, conducta que no pasó desapercibida por Julián.

—Amiga, ¿te encuentras bien? Te siento preocupada, no dejas de mirar la ventana y sales una y otra vez a la puerta.

La joven quiso negar su inquietud, pero Julián la conocía bien y supo que mentía. Sabía que sucedía dentro de ella una conmoción, pero no quiso ser impertinente o insistente y ya no preguntó más.

Las horas transcurrieron y llegó la noche; con ella, el desánimo y la decepción. Tomó su bufanda y su gorro, no se despidió de nadie. Aquella noche deseó ser invisible. Contó los minutos y segundos para salir de ahí y desahogar su tristeza. Atinó a caminar y caminar sin un rumbo fijo. Dio una vuelta por la plaza de armas, luego se desplazó por Regocijo. Se sentó.

—¿Qué pasó? ¿Por qué no supe nada de él durante el día? —se preguntaba con el rostro descompuesto.

Se levantó y, mientras miraba por unos segundos las estrellas y la luna, se sintió tan sola como cuando salió por primera vez de su comunidad de Occopata. Decidió regresar a casa, prefirió caminar como lo hacía la mayoría de las veces. Mamá Anita la esperaría con una rica cena, pero Chasca quería dormir y que esa noche pasara. Y así fue. La joven durmió con tal profundidad que no recordó ni un instante de sus sueños, ni en qué momento cerró los ojos.

Al día siguiente, se levantó más temprano de lo usual, se alistó con prontitud, degustó un delicioso desayuno, llenó de besos a mamá Anita y se fue a su trabajo. Chasca se sintió herida, tonta e ingenua por creer en alguien a quien apenas había conocido; pero al mismo tiempo, sintió preocupación de que le hubiese pasado un percance mayor, ya que como extranjero no conocía este país.

Tantas ideas rodearon su mente: no sabía que pensar o que postura mantener: estar triste o enojada, sentirse decepcionada o furiosa, en fin... una mixtura de sentimientos embargó su ser profundo.

Aquella mañana llegó a su trabajo, trató de dibujar una sonrisa en su rostro, intentó no pensar en él, pero fue imposible: todo lo que veía se lo recordaba. Fueron pasando las horas sin novedades. Sin embargo, unos minutos antes de cerrar la tienda, entró un hombre mayor buscando a Chasca. Le entregó una carta y se fue rápido, ya que un auto oscuro lo esperaba afuera. Fugaz fue la presencia del mensajero, la joven no pudo preguntar de quién era o de qué trataba la carta.

La recibió y sintió dentro de ella una sensación extraña. En ese momento, no la quiso abrir, así que esperó a salir de su trabajo y se dirigió al templo de Qoricancha, un lugar sagrado y antiguo en la que se adoraba al Dios sol en la época de los incas, el cual quedaba camino a su casa. Se sentó y abrió la misiva. Sus manos comenzaron a temblar mientras sacaba la carta del sobre.

Querida Chasca:

Cada momento que pasé contigo fue especial e inolvidable. Además de conocer una linda ciudad, mágica en todas sus dimensiones, tuve la dicha también de compartir con un ser extraordinario, que eres tú.

Regresaría a mi país al siguiente día de nuestro paseo, pero no tuve el valor de decírtelo, fui cobarde, tuve miedo de enfrentarte. Chasca, estoy enfermo: tengo un cáncer avanzado y los médicos me desahuciaron.

Este fue mi último viaje. Decidí no tomar más medicamentos ni someterme a otros tratamientos. Desde niño viví sometido a toda clase de tratamientos y eso dejó de ser vida para mí, ya que agotó mi cuerpo y mató mi espíritu.

Mis padres, con el dolor de sus corazones, respetaron mi decisión y no les quedó más opción que apoyarme. Entonces, llegué aquí pensando que me iría pronto. Pero cuando te vi por primera vez, sentí una energía distinta en mí: me devolviste la esperanza de sentirme vivo de nuevo. Por eso te busqué. Oh... no lo sabes pero tu sonrisita se marcó en mi mente, tu espontaneida e inocencia me envolvieron.

Mientras más atraído me sentía por ti, menos tuve el valor de confesártelo todo. No quise que sintieras compasión por mí. ¿Recuerdas el día que fui a recogerte y llegué tarde? Me retrasé porque tuve una recaída. El doctor me dijo que mejor no fuera y descansara, pero no quise hacerlo. No podía perderme este día contigo y, sin duda alguna, fue la mejor decisión que tomé. Esta carta la escribí esta misma noche.

Siento mucho lo que te estoy haciendo pasar. Sé que llegaste a quererme como yo a ti, lo vi en tus ojos, pero sería injusto que te encariñaras más conmigo y te aferraras a alguien con quien no tendrías futuro.

Disculpa, si tal vez fui egoísta, pero no estaba en mis planes conocerte y me dejé llevar por la emoción y por tu espíritu... Perdóname y entiéndeme. Sé que, si nos hubiésemos vuelto a ver, quizás te hubiera lastimado más y yo hubiera terminado destrozado.

Prefiero guardar los mejores recuerdos en mi mente y recordar tu sonrisita que me dejó embrujado. Chasca, ya no temo irme porque conocí a mi angelito: tú.

Con cariño a mi amor eterno.

La joven no podía creer lo que leía. Volker era un chico enérgico, de vitalidad desbordante, con un carisma único; en ningún momento le pareció que pudiese estar enfermo pues no se quejó de nada, ni actuó extraño. Sin duda alguna, al terminar de leer la misiva, sus ojos se hicieron un mar de lágrimas. Le pareció tan injusto el destino de Volker, que había irradiado y compartido energía vital en todos los instantes maravillosos que compartieron, para que terminase sus días en un hospital.

Chasca no quería recordarlo así. Quería guardar en su mente su picardía, sus locuras... su consuelo será recordarlo de aquella manera. Ya no estará molesta con él y sentirá que cada palabra que escribió lo hizo con el corazón; no lo puso en duda en ningún momento.

Cuando leyó aquella carta, recordó cada momento que había pasado a su lado. Volvió a casa, fue a la habitación de mamá Anita, la abrazó con fuerza y lloró como una niña, sin dar explicaciones. Se quedó ahí y durmió junto a ella.

¿Una vez más el destino le quitó lo que quiso tanto?

Lecturas recomendadas

Pisando serpientes (Ricardo Celis Flores)

Qué pasará cuando regrese (César Medina)

www.ingramcontent.com/pod-product-compliance
Lightning Source LLC
LaVergne TN
LVHW091235150826
845673LV00003B/1146

9786125142375